Robert Gernhardt

DIE K-GEDICHTE

S. Fischer

Satz: H & G Herstellung, Hamburg
Druck: Clausen & Bosse, Leck
Printed in Germany
ISBN 3-10-025507-0

INHALT

I KRANKHEIT ALS SCHANGSE

In memoriam Volker Kriegel

DIAGNOSE KREBS
oder
ALLES WIRD GUT

Erst kam der berühmte
Schuß vor den Bug.
Zuvor war ich dumm,
hernach war ich klug.

Dann folgte der klassische
Schlag ins Kontor.
Darauf war ich klüger
als jemals zuvor.

Undenkbar, daß solch einem
blitzklugen Mann
noch irgendein Tod
etwas anhaben kann.

NACHDEM ER VON SEINER KRANKHEIT ERFAHREN HATTE

Als säh ich meinen Hund
zum letzten Mal,
blick ich dem Hund in seine
treuen Augen.
Als sähe mich mein Hund
zum ersten Mal,
blickt er zurück, als sucht er
Treu in meinen Augen.

Als gäbe es auf dieser Welt
kein letztes Mal,
blick ich dem Hund voll Treu
in seine Augen.
Als ginge es dem Hund
ums nächste Mahl,
fragt mich sein Blick: Mein Herr,
meint »Treu« nicht einfach »Fleischwurst«?

SEILTÄNZER

Ich ging auf einem Seil dahin
Mir schien es eine Straße
Mit frohem Mut und heitrem Sinn:
Ich bin auf guter Straße!

Was dann geschah? Ich weiß es nicht
Wuchs ich? Verging die Straße?
Die Jahre änderten die Sicht:
Doch reichlich eng, die Straße!

Auf schmalem Steg geht's nicht so gut
Ist der noch eine Straße?
Bei jedem Schritt sinkt mir der Mut:
Das ist doch keine Straße!

Ich geh auf einem Seil dahin
Das wird nie wieder Straße
Wirkt wie ein Faden licht und dünn:
Wann lieg ich auf der Nase?

HABENICHTS

Habe nichts gegen das Altern.
Wie sollte ich da etwas
gegen den Tod haben?
Hat ja auch sonst niemand etwas
gegen das Altern.
Hat ja auch sonst niemand etwas
gegen den Tod.
Alterten sie sonst alle?
Stürben sie sonst alle?
Da werde ich doch wohl keine
Ausnahme machen:
Habe gar nichts gegen das Altern.
Habe schon gar nichts gegen den Tod.

DIE WOCHE DAVOR

Am Donnerstag wird zugelangt
Am Freitag wird ums Heil gebangt
Am Samstag wird viel Wein getankt
Am Sonntag wird noch leicht geschwankt
Am Montag wird mit Gott gezankt
Am Dienstag wird dem Herrn gedankt, denn erst
am Mittwoch geht's unter das Messer.

GUTER RAT

O Mensch, halt ein vorm Krankenhaus.
Gehn dem einmal die Kranken aus,
dann greift man auch auf dich zurück,
und du verbleibst dort Stück für Stück.
Das präludiert mit etwas Darm,
dann schneidet man sich langsam warm
an Leber, Venen und Arterien –
so'n Krankenhaus kennt keine Ferien.
Greift nach den Alten, nach den Jungen,
nach deren Mägen, deren Lungen,
nach deren Lymphen, deren Zellen,
nach offnen wie versteckten Stellen,
nach Herz und Brust, nach Hirn und Hoden,
und bringt dich das nicht unter'n Boden,
dann doch auf Null. Was folgt daraus?
Mensch, halt dich fern vom Krankenhaus!

SCHNEIDEN UND LEIDEN

Einer sagt: Wir müssen schneiden.
Einer weiß: Ich muß jetzt leiden.

Einer sagt: Jetzt kommt der Schnitt.
Einer denkt: Da machst was mit.

Einer hat was rausgeschnitten.
Einer hat nicht ausgelitten.

Einer ist der Scheidende.
Einer ist der Leidende.

Einer war der Schneidende.
Einer bleibt der Leidende.

SCHMERZBEHANDLUNG

Kein rasender Schmerz,
kein brennender.
Eher
ein schlendernder Schmerz,
ein glimmender.
Aber
ein Schmerz ist ein Schmerz
bleibt ein Schmerz.
Und weil,
was da schlendert,
auch rasen kann,
und weil,
was da glimmt,
auch zu brennen vermag,
deshalb
behandle das planlose
Schlendern des Schmerzes
sowie
seines Glimmens
zielloses Tun
voller
Vorsicht und Nachsicht,
Rücksicht und Einsicht,
so wie
du einen Vulkan
behandeln würdest,
ein Raubtier,
ein Kind.

DER DÄMON DES PATIENTEN

Tagsüber erträgt er ihn.
In der Nacht zerschlägt er ihn.

Kurz und klein, in tausend Teile,
daß ihm auch nicht einer heile.

Kommt der Morgen, sieht er stumm
um den Nachtzerhau herum

und beginnt gleich nach dem Wecken
damit, ihn zurechtzustecken,

bis das Puzzle, und das reicht,
halbwegs dem Zerschlagnen gleicht.

Dieser spielt des Tags Patient,
einen, den man kennt und nennt,

dem man hilft und dem man rät,
wie's ihm fortan besser geht.

Gähnend hört der Dämon zu,
denn bald geht man ja zur Ruh,

was für *ihn* heißt: Ab zur Kammer
der diversen Vorschlaghammer.

Prüfend wiegt er die Geräte:
Ob's heut nicht der kleine täte?

Wie auch immer: Bis zum Tagen
wird dann wieder zugeschlagen.

Nicht aus Bosheit. Mit Bedacht.
Tag ist Tag, und Nacht ist Nacht.

DAS TREFFEN

Frau Sorge traf am Krankenbett
des Gernhardt den Herrn Kummer.
»Herr Kummer, das ist aber nett!
Wir wolln den Gernhardt-Schlummer
nicht störn, doch wenn er mal erwacht,
läuft die bewährte Nummer:
Sie kümmern sich, daß er sich sorgt,
ich sorge für den Kummer.«

FRÜHSTÜCK IM KLINIKUM DER JOHANN WOLFGANG GOETHE-UNIVERSITÄT FRANKFURT AM MAIN

Von Wand und Frau,
von Tass' und Mann,
von allen blickt dich
Goethe an.

Blickt starr auf all
die kranken Leute:
»Grüß Gott! Wie fühlen wir
uns heute?«

Blickt von der Tass'
auf mich und sinnt:
»Wie geht es dir, mein
liebes Kind?«

»Bin weder Kind
noch lieb. Sollst wissen:
Mir geht's heut morgen
echt besch .....«

LIED VON DER HINFÄLLIGKEIT

1
Das Lied des Hinfälligen,
sie hören es nicht gern,
die Aufrechtstehenden.
»Ich falle hin,
ihr werdet auch mal hinfallen!«
»Fall du erst mal hin,
dann sehen wir weiter!«

2
Das Leid des Hinfallenden,
sie sehen es nicht gern,
die Aufrechtgehenden.
»Ich bin hingefallen,
kann mir vielleicht jemand aufhelfen?«
»Um dabei selbst auf die Nase zu fallen?
Nichts da. Wir ziehen weiter.«

3
Das Los des Hingefallenen,
sie teilen es nicht gern,
die Aufrechtdenkenden.
»Schreitet ruhig über mich hinweg!
Aber müßt ihr dabei so fest auftreten?«
»Ihr Hingefallenen bildet das Pflaster für unser Fortkommen.
Erst wenn ihr eingeebnet seid, geht's weiter.«

4

Das Lob des Hingegangenen,
sie singen es nicht gern,
die Weitergehenden.
»Wir bereiteten euch die Straße
durch den Morast der Zeit!«
»Nicht darauf hören! Weiter, rasch weiter!
Schon hebt seinen Stiefel der Nachrückende.«

WAS GUT TUT

Gut tun der Hund und die Katze dem Kranken.
Nie befragt der Hund ihn »Wie geht's?«
Stets verschweigt die Katz ihr »Du Armer!«
»Fressen!« bedeutet dem Kranken der Hund.
»Spielen!« bedrängt den Kranken die Katze.
»Such's Mäuschen!« lockt der Kranke die Katze.
»Wohl bekomm's!« wünscht der Kranke dem Hunde.
Weiteren Trosts nicht bedürftig, trolln sich
Hund und Katz in die Körbchen und rolln sich.
Tief getröstet wacht lange der Kranke.

21. APRIL. NACH DER LEKTÜRE

Hab mich grad mit Krebs befaßt,
nicht in Hast, doch ohne Ruh.
Weiß nun mehr, doch nicht genug,
noch nicht klug und nicht mehr dumm.

Soll entscheiden: Wo geht's lang?
Mir wird bang, doch ich tu cool:
Daß dir keiner raten kann,
macht nichts, Mann. Da mußt du durch.

KURZNACHRICHT

Herr Aufgeschnitten
läßt wieder bitten:
»Frau Unversehrt
wird sehr begehrt!«

BEGEGNUNG
oder
DEAD MAN WALKING

Was sagt man dem, der's nicht mehr packt?
Man kommt nicht weit mit »Halt dich steif«,
man fährt nicht gut mit »Weiter so«,
man scheitert mit »Das gibt sich«.

Da sagt man doch am besten nichts.
Nicht »Halb so schlimm«, nicht »Renkt sich ein«,
nicht »Da muß jeder einmal durch«,
schon gar nicht »Wird schon werden!«

NACHRICHT VON DER CHEMOTHERAPIE
oder
EIN FLOTTER DREIER

»Erschöpfung, Schmerzen, Übelkeit« –
welch flottgewollter Dreier!
Wer seiner Schmerzen müde ist,
versucht sein Glück als Reiher.

Und wenn sich's ausgereihert hat,
dann gähnt das müde Herz:
Nicht wahr, ihr drei verlaßt mich nicht,
Erschöpfung,
Übelkeit und
Schmerz?!

DIE CHEMO SPRICHT

Du hast die Wahl
zwischen Hand und Haar.
Höre:

Hie Oxaliplatin.
Beeinträchtigt Nerven
an Füßen und Händen.
Da kann es passieren,
daß dir jener Stift,
mit dem du dies aufschreibst,
aus der Hand fällt.

Hie Irinotecan.
Verursacht Schäden
im Haarbereich.
Da kann es geschehen,
daß dir jenes Haar,
das du dir grad raufst,
in der Hand bleibt.

Und nun wähle.

5. MAI. BEGINN DER CHEMO

Krebskrieger fängt sein Tagwerk an:
Auf denn, Chemie! Heut heißt es: Ran!

Krebskrieger weiß, daß unterliegt,
wer Krebs nur kriegt und nicht bekriegt.

Krebskrieger muß aufs Ganze gehn.
Er stellt die Frage: Wer packt wen?

Packt Mann den Krebs? Packt Krebs den Mann?
Krebskrieger fängt sein Kriegswerk an.

KRANKHEIT ALS CHANCE
HEUTE: BEIM HOSENKAUF

Hosenkauf ist tief verhaßt,
wenn dir keine Hose paßt.

Dito ist er hoch genant,
wenn dir jede Hose spannt.

Ergo cancellst du den Kauf,
fliehst den Ort in schnellem Lauf

und verschiebst das Wiederkommen,
bis du wieder abgenommen.

Doch da du kein Stück abnimmst,
folglich auch nicht wiederkimmst,

trägst du Kleidungsstück und Los,
bis am End die alte Hos',

lebenssatt und ausgeweitet,
dich noch in den Tod begleitet.

Die Gesunden sind zumeist
selbst im Grabe rund und feist,

während wer an Krebs erkrankt,
peu à peu per se verschlankt.

Erstens weil er, operiert,
schon mal an Substanz verliert.

Zweitens weil er, therapiert,
nicht mehr nach Genüssen pliert,

da die Chemikalien beiden,
Aug wie Bauch, die Lust verleiden.

Ergo macht sich Unlust breit,
doch du merkst zur gleichen Zeit,

daß dir, weil du gierverlassen,
bald schon alle Hosen passen.

Und du hörst von allen Seiten:
»Du siehst gut aus, Herrschaftszeiten!«

Also sei dem Krebs nicht bös,
denke vielmehr generös:

»Ich bin schlank, die Welt ist rund.
Nur wer krank ist, lebt gesund.«

7. JUNI. RÜCKBLICK UND AUSBLICK

Ich habe es gehabt.
Bei mir hat es geklappt.
Zum Auftritt und zum Bücherkauf,
da kam das Lesevolk zuhauf.
Dann hat er mich geschnappt.

Dann hat er mich geschrägt.
Mich vorerst stillgelegt.
Jetzt setzt er die Termine fest,
gibt grünes Licht oder den Rest.
Ich bin der Ast, er sägt.

Bin zugleich Kombattant.
Mein Körper Feindesland
ist abgefüllt mit Kriegs-Chemie.
Das zwäng den Tumor in die Knie,
versichert der Verstand.

Ich werde es erfahrn.
Wie sinnvoll Opfer warn,
entscheidet sich erst unterm Strich.
Was wird da stehn: »Er« oder »Ich«?
Den Rest könn' wir uns sparn.

DREI FREUNDE
oder
XYZ

FREUND X
oder
IHM NACH

»Ich habe Krebs.« »Ich hatte Krebs.«
Dazwischen erstreckt sich ein Meer.
Er hatte ihn. Ich habe ihn.
Ihm schwimm ich klamm hinterher.

FREUND Y
oder
METAPHER ALS KRANKHEIT

Ich schwimme im Glück.
Ich bade im Licht.
Das sagt sich so leicht,
doch das lebt sich nicht
wortwörtlich.

Er liegt in der Scheiße.
Er steckt im Kot.
Das sagt sich nur schwer,
denn er lebt es zur Not
ortörtlich.

FREUND Z
oder
BEERDIGUNG IM JUNI

Den trat er rasch an,
der Rührenichtdran.

Er tat's mit Gewalt,
der Vielergestalt.

Er zückte sein Beil,
der Nichtswirdmehrheil.

Er schwang es behend,
der Allshateinend.

Er fällte den Freund,
der Bösistsgemeint.

Er rief uns zuhauf,
der Sohörtesauf.

Er nahm uns ins Licht,
der Langbrenntesnicht.

Er ließ uns im Laub,
der Werdetzustaub.

Wir blieben zurück,
die Nochnichtgepflückt.

VOR UND NACH

Vor dem Tod sind wir die Dummen.
Wie wir auch den Tod bereden,
schweigt er und bringt schweigend jeden
Redner eisern zum Verstummen.

Vor dem Tod versagt das Denken.
Ist der Denker in der Lage,
nichts zu denken? Diese Frage
sollte sich ein Denker schenken.

Viele, die das nicht ertrugen.
Keiner, der die Frage löste,
nicht einmal der allergrößte:
Sind wir nach dem Tod die Klugen?

DER TAG DES HERRN DICHTER
oder
ERINNERUNG AN BESSERE TAGE

Er pflegte die Sonne mit »Ach« zu grüßen
Er pflegte den Yoghurt mit Honig zu süßen
Er pflegte den Vers mitsamt seinen Füßen –:
So war sein Morgen.

Er pflegte den Wein glasweis zu stürzen
Er pflegte das Brot mit Öl zu würzen
Er pflegte das Schreiben und übte das Kürzen –:
So war sein Mittag.

Er pflegte »Mein letztes Schlückchen« zu lügen
Er pflegte den Hunger mit Fleiß zu betrügen
Er pflegte das Wort und die Kunst, es zu fügen –:
So war sein Abend.

NICHT MIT MIR

Mich gibt es doch nur einmal
Mich kann man doch nicht abserviern
Mich will man halten, nicht verliern
Und – Teufel auch! – begraben.

Ich bin bei Gott ein Einzelstück
So'n Stück gibt man doch nicht zurück
Das hebt man auf und preist sein Glück:
Wie schön, daß wir dich haben!

7. AUGUST. WAHNSINN

Es schleicht der Mensch,
es schleicht der Hund,
zum Schleichen haben beide Grund,
den besten Grund, den sie je hatten:
38 Grad im Schatten.

8. AUGUST. CHEMIE UND WAHNSINN

Hitze, die mich einhüllt
Chemie, die mich abfüllt
Hitze, die mich aufheizt
Chemie, die mich aufreizt
Hitze, die mich eindampft
Chemie, die mich kleinstampft
Hitze, die mich matt macht
Chemie, die mich platt macht
Hitze von Außen
Chemie von Innen:
Möge die Bösere gewinnen.

ZWEIERLEI THERAPIE

Weil Krankheit stets nach Heilung schrie,
ersann der Mensch die Therapie.

Die kann durchaus ein Segen sein.
Doch gilt das durchweg? Leider nein.

Spricht der Arzt von »adjuvant«,
hängt der senkrecht an der Wand.

Spricht er von »palliativ«,
hängt der ganze Segen schief.

Denn das Wort bedeutet schlicht:
Wahre Heilung gibt es nicht.

Woraus folgert: Der Klient
bleibt ein Leben lang Patient

einer Medizin, die schaut,
daß er nicht zu rasch abbaut.

Leben strecken, Leiden lindern,
Trübsal dämpfen, Schmerzen mindern –

all das ist zutiefst sozial,
unterm Strich jedoch fatal,

da es auf ein Ende zielt,
das stark ins Finale spielt:

Dürrer werden, matter werden,
Abschied nehmen von der Erden,

nach und nach – zuerst vom Kiez,
dann vom Heim, dann vom Hospiz,

dann, zum Sterben durchgewunken,
sprich: palliativ gesunken,

siehst du endlich wieder Land:
So ein Tod heilt adjuvant!

ERMAHNUNG

Ruf nicht nach der Mutter, Junge.
Mutter ruft nach dir.
Sag ihr nicht, wie schlecht dir's geht.
Mutter geht es schlechter.

Klag nicht übers Alter, Junge.
Mutter ist viel älter.
Frag nicht, wie das enden soll.
Mutter weiß die Antwort.

VOR DEM SPIEGEL

Auch ich war einst ganz makellos –
woher rührt all mein Makel bloß?

Ich frag mich, was mein Makel soll –
warum bin ich so makelvoll?

Fragt ihr nicht, was mein Makel sei –
fragt: Wird der
jemals
wieder
makel-
frei?

SCHLAFLIED FÜR ASCHENPUTTEL

Kind, es wird alles wieder gut
Es ist nicht immer Schuh im Blut
Es ist auch manchmal Blut im Schuh
Und nun mach deine Augen zu!

HIOB VOR DEM SPIEGEL

Auch ich war ein Knabe im lockigen Haar
– Har! Har!
Ach, ich bin nicht der, der ich früher mal war
– Wahr! Wahr!

Das ist kein Haar, Herr!
Das ist Flaum!
Die Hand, sie spürt die Härchen kaum,
wenn sie darüber streicht.
Die sind so weich, die sind so zart,
die modeln meinen Kopf derart,
daß er dem Säugling gleicht.

Als Knabe kam ich vom Frisör.
Mein Kopf war kahl, mein Herz war schwer.
Ich wußte, was mir blühte.
Denn draußen stand der Kinder Schar,
für die ich »Glatzekönig« war.
Sie schrie es, und ich glühte.

Als Jüngling trug ich's ellenlang,
das Haar, das auf die Schultern sank
und manchmal noch darüber.
Als Folge war die Welt vermint:
»Langharrje wern hier nich bedient!«
Mir war die Haarpracht lieber.

Als reifer Mann beschied ich knapp:
»Martina, schneiden Sie sie ab!«
Dann fielen meine Haare.
Dem Haarschnitt folgte viel Applaus:
»Du siehst auch gleich viel jünger aus!«
Fragt sich nur, wieviel Jahre.

So wurde ich, was jeder wird,
der lang genug durchs Leben irrt:
Ein Herr mit grauen Schläfen.
Die Blicke mancher schönen Frau
verfolgte ich so haargenau,
als ob sie mich beträfen.

Was mich dann traf, war nicht so schön.
Herr, es ist nicht zu übersehn,
was sich da oben abspielt.
Du schufst den Krebs, schufst die Chemie,
den Haarausfall, und mensch weiß nie,
worauf das alles abzielt.

Herr, das ist Flaum!
Das ist kein Haar!
Wird bald der Glatzekönig wahr
aus frühen Kindertagen?
Was weiß denn ich? Ich weiß nur eins:
Wo einst viel Haar war, ist jetzt keins.
Das Herr, ist einzuklagen:

Einst war'n meine Haare schön dicht und schön kraus
– Raus! Raus!
Heut sind sie so dünn wie das Fell einer Maus
– Aus! Aus!

3. SEPTEMBER. TOSCANA TERAPIA ZUM ERSTEN

1

Siamo in Italia!
Die Chemie ist auch schon da:
Im Klinikum Valdarno hängt,
das Fläschchen, das Gesundung schenkt.
Sehr träg tropft »Campto« in mich rein –
ach, wär der Stoff doch Chiantiwein!

2

Ich blicke auf den Chiantikamm.
Wie schön die Hügel aussehn!
Und doch: Was nützt der schönste Kamm
dem, dem die Haare ausgehn?

3

Sieh nur, die Weihe
im rasenden Wind
auf dem Wege zum Chianti!
Sie weiß, was sie will,
und du weißt, was du nicht willst.
Avanti!

HAHN IM KORB

Ich, der einzige Mann unter sieben Frauen,
Wir, alle betagt und alle am Tropf,
Sie, die gerade vom Haarausfall reden und davon,
Es sei das beste, zu »La Parrucca« zu gehen,
Sie sei leicht im Zentrum Arezzos zu finden,
Ihr, so die eine, hab' man dort wirklich geholfen.
Er, im sich lichtenden Haar, hört zu und fragt sich:
»Du – bist auch du nicht bald reif für ›La Parrucca‹?«

2002/2003
EIN JAHRESRÜCKBLICK

Was war da? Erinnerung spricht: Da war was.

Im Juli die Nachricht: Es sieht gar nicht gut aus
August dann der Schnitt und die Hoffnung: Das war es
September Verheilung auf südlichem Hügel
Oktober in Frankfurt. Neues Buch, alte Messe
November auf Reisen. Gefühl des Gefeitseins
Dezember Geburtstag. Halbrund, reichlich Echo
Januar Lug und Trug der Zellen
Februar letzter Monat der Blindheit
März die Erkenntnis: Das Ganze von vorne
April der Griff nach der chemischen Keule
Im Mai die Erwartung: Unwohlsein trägt Zinsen
Im Juni Belohnung: Befund ohne Tumor
Der Juli. Die Hitze. Die Chemo. Die Rundung
Des Bogens des Jahres der Ängste, der Hoffnung
August mit der Nachricht: Es sieht ziemlich gut aus
September im Süden. Die letzte Runde
Wird eingeläutet: Die Terapia
Begleitet von herbstlich strahlenden Tagen
Im Ospedale del Valdarno
Geweiht der Patronin gebeugter Patienten
»S. Maria alla Gruccia«:
Der Heil'gen Maria von der Krücke.

EXEMPLA DOCENT

Beim Tomatenpflücken bleibt
mein Hemd an einer der Stangen
hängen und reißt.
Ritsch.

Beim Ausziehen bleibt
mein Blick am Etikett des Hemdes
hängen und liest: »Eterna.«
Ratsch.

10. SEPTEMBER. TOSCANA TERAPIA ZUM ZWEITEN

Heute alles Männer.
Männer sehen fern.
Frauen schwatzen, Frauen lachen.
Frauen hab ich gern.

Jeder kriegt das seine.
Nachbarmann kriegt Blut.
Schwester nennt ihn »Draculino«.
Schwester bin ich gut.

EINMAL SIEGER, IMMER SIEGER

A: Lance Armstrong hat erst den Krebs besiegt
und dann fünfmal die Tour de Frangse
als Sieger beendet. Ist der kein Beweis
für deine These »Krankheit als Schangse«?

B: Der Krebs ist eine harte Nuß.
Vielleicht kann ich sie knacken.
Doch diese Tour, die werd ich kaum
– schon gar nicht fünfmal – packen.

INVASION DER BIENENFRESSER

I

Nie hier gesehn! Und jetzt so viele!
Alle im Flug! Und alle so schön!
Alle kreisen und rufen. Und aller Tiefsinn
löst sich in Luft auf und Hochgefühl.

II

Ach, sagte die Biene,
die Welt wird weiter mit jedem Tag.
Waben umschlossen mich anfangs,
den Stock hielt ich für die Welt.
Doch dann der Ausschlupf,
der Ausblick, der Ausflug, der Aufstieg.
Und nun ich im Aufwind:
Im Blau lockt das Glück,
in das ich nun fliege.
– Du mußt nur die
Flugrichtung ändern,
sagte der Bienenfresser
und fraß sie.

17. SEPTEMBER. TOSCANA TERAPIA ZUM DRITTEN

Der »Campto« tropft.
Das müde Aug
durchwandert graue
Zeitung.
Bleibt hängen, weil's
»tumore« liest,
es geht um Anna
Magnani.

Vor dreißig Jahrn
starb sie in Rom.
Im Pankreas steckte
ihr Tod.
Sie kam auf fünf-
undsechzig Jahr.
Die toppen wir,
was, Campto?!

24. SEPTEMBER. TOSCANA TERAPIA ZUM VIERTEN

Fällt erst mal aus. Bei den globoli bianchi
säh es nicht gut aus, faxt Schwester Aurora.
Und ich hatte schon am Ende des Tunnels
der Chemo das Licht chemiefreier Tage
gesehen und Morgenluft gewittert – :
Nun aber blick ich in eine nicht gerade
schwarze, doch deutlich dunklere Zukunft,
und schuld daran sind meine weißen Blutkörperchen.

VON DER GEWISSHEIT

Hier bröselt es, da bröckelt es,
schon dräut ein Holterdipolter:

Aus all der Scheiße Honig ziehn,
das plante er, das wollt er.
Das gäb der Sache Sinn und Form,
das hoffte er, das dacht er.

Jetzt ahnt er: Also denkt das Kalb
auf seinem Weg zum Schlachter.

1. OKTOBER. TOSCANA TERAPIA ZUM VIERTEN

Heute ist Mittwoch. Am letzten Sonntag
löste ein Schweizer Baum, der bei Brunnen
umfiel und einen Kurzschluß bewirkte,
den allitalienischen Blackout aus.

Der ist behoben. Doch seine Folgen
ziehen sich unüberseh-, -überhörbar
durch alle Kanäle bis in jene Klinik,
in welcher ein Tropf mich zum Zeugen vergattert:

Der Fernseh plärrt die ganze Zeit.
Wohin soll ich mich wenden?
Ach! Dieses Blackout-bla-bla-bla
kann nur ein Blackout enden!

GROSSE ANRUFUNG DES HEILIGEN FRANZISKUS

San Francesco! Wenn ich nicht sehr irre, dann bist du
der Schutzpatron eines Italiens, in dem du vor Zeiten
den Vögeln gepredigt hast. War unter denen
nicht auch ein fringuello?

Ich frag das, da ich soeben der Zeitung entnehme,
mit dem heutigen ersten Oktober beginne das Jagen,
und das bis Ende November, auf einen Vogel
mit Namen fringuello.

Tierfreunde schätzen, daß 1,5 Millionen
dieser Geschöpfe dran glauben werden müssen.
Fragt sich: Woran? Sind immer noch, fürchte ich, Heiden,
deine fringuelli.

Wundert es dich? Seitdem du den beiden gepredigt,
den Italienern und den Vögeln des Landes,
machen die italienischen Christen Jagd
auf den Bruder fringuello.

Jagten die Vögel natürlich auch früher. Der Hunger
war vormals groß. Da wog selbst ein kleiner Bissen
schwerer als alle Liebe zu Gottes Geschöpfen,
inklusive fringuelli.

Tempi passati! Heute muß keiner mehr hungern.
Schon gar nicht einer der siebenundvierzigtausend
Jäger, die heuer erneut die Toskana
fringuellifreihalten.

Sieh dir doch an, was allein deren Fahrzeuge kosten,
vierradgetrieben, addiere die Knarren, Klamotten –
ein ganzes Heer, gerüstet wie für die Feldschlacht,
bekämpft den fringuello.

Heil'ger Franziskus! Bedenke: Ein jeder der Jäger
darf laut Gesetz bis zu zehn dieser Vögel erlegen.
Macht – fast hätt ich gesagt nach Adamo Gigante –
rund fünfhunderttausend fringuelli.

Alles im grünen Bereich, meint Tito Barbini,
zuständig für die Landwirtschaft der Toskana,
für die Jagd, den Schutz der Umwelt und damit natürlich
auch für den fringuello.

Schutzpatron Franz! Mal ehrlich: Was gibt's da zu schützen?
Anders gefragt: Könntest *du* nicht den Tito Barbini
und seine Jäger so schützen wie diese die Umwelt
mitsamt den fringuelli?

Nein, nicht gleich abknalln. Gib ihnen eine Chance.
Nimm ihnen etwas Gesundheit, was zugleich Zeit meint.
Fühln sie sich schlecht in den Wartezimmern, so kommt das
doch dem fringuello zugute.

Nimm mich als Beispiel: Der Befund, die Klinik, der Schnitt.
Bettruhe, mühsame Rückgewinnung des Gehens.
Wenn jeder Schritt schmerzt – wie erst der Rückstoß der Knarre!
Freu dich, fringuello!

Sieh wie es jetzt läuft: Dienstag zur Blutabnahme,
Mittwoch zur Chemo. Das meint ganze Stunden am Tropf.
Schlappheit danach und Ekel und manchmal auch Durchfall –
da schmeckt kein fringuello.

Geht auch ins Geld, das Kranksein. Addio Gewehre!
Addio Kampfwagen, Jagdhunde, Tarnkleidung, Fernglas!
Ist erst das Land von den Jägern gesäubert, dann heißt das:
Salve fringuello!

San Francesco! Das ganze war nur ein Vorschlag.
Du bist der Heilige. Aber bedenke bitte:
Manchmal da heiligt der Zweck auch die Mittel, und schließlich
ist der fringuello der Buchfink!

SCHÖNE AUSSICHTEN AM MORGEN DES VIERTEN OKTOBER

Nun weiß ich wieder, was ich hab.
Nun fühl ich wieder, was ich will.
Wer das da sieht, der macht nicht schlapp.
Wen das erwartet, hält nicht still.
Der schreit vielmehr:

Nein, ich flieg jetzt nicht aus der Kurve!
(Wo es doch heute Mittag geradewegs in die »Costa Chiara« geht.)

Nein, ich schau mir die Radieschen nicht von unten an!
(Wo ich doch schon bald von oben auf die Antipasti blicke.)

Nein, ich beiß nicht ins Gras!
(Wo doch eine Bistecca Fiorentina als Hauptgang wartet.)

Nein, ich geb meinen Löffel nicht ab!
(Wo ich den doch noch für das Dolce brauche.)

Ja, ich laß den lieben Gott einen guten Mann sein!
(Wo der doch früher oder später die Rechnung präsentieren wird.)

8. OKTOBER. TOSCANA TERAPIA ZUM FÜNFTEN

Heut alles still. Die japanische Dame
liest. Die italienische Greisin
seufzt. Das Fernsehn – miracolo! –
schweigt. Die beiden Neuankömmlinge
flüstern verstohlen. Die einzige Ausnahme
bildet ein Taubenschwänzchen. Sirrend
fliegt es gegen das Fenster, das ich
öffne. Ciao Taubenschwänzchen,
such das Weite. Ein besseres Leben
findest du leicht. Bist ja keiner von uns,
bist ein sirrendes, flirrendes, schwirrendes,
bleib ein Taubenschwänzchen!
(Schwester Aurora, ungläubig:
»Tou-bän-schwänz-gen!
Che parola lunga per un insetto cosi piccino!«)

7. NOVEMBER. TOSCANA TERAPIA ZUM SECHSTEN UND LETZTEN

Wenn einer eine Chemo macht,
dann kann er was erzählen
und seine Umwelt Tag und Nacht
mit Selbsterlittnem quälen:

Also bei so einer Chemo vergeht einem ja leicht der Appetit, und da habe ich anfangs den Fehler gemacht, mir während der allerersten Chemo in der Klinik ein Frühstück aufschwatzen zu lassen, ein pappiges Käsebrötchen und eine große Tasse Muckefuck, mit dem Erfolg, daß mir unheimlich schlecht wurde und ich wochenlang noch beim bloßen Gedanken an pappige Brötchen das Würgen bekam, während der Geruch von simplem Kaffee genügte, um mich …

Wer sich der Chemo unterzieht,
der hat was zu berichten,
mit Haut und Haar, in Vers und Lied
und endlosen Geschichten:

Also wenn man die Chemo, so wie ich zu Beginn, in Deutschland macht, ambulant, da liegt man, so war das jedenfalls bei mir, zu viert in einem ziemlich großen Raum angezogen auf dem Bett, während die Infusionen laufen, jeweils zwei Betten einander gegenüber, so daß man mindestens zwei Mitpatienten ins Gesicht schaut und dementsprechend viel von ihnen mitkriegt. In Italien dagegen läuft das anonymer, da sitzt man in Sesseln, in einem etwas kleineren Raum, acht Stück neben- und hintereinander angeordnet, es ist mehr wie beim Friseur, verstehn Sie, und das hat einen nicht zu unterschätzenden psychologischen Effekt: Man fühlt sich ganz einfach nicht so krank, wenn man …

Wer achtzehnmal zur Chemo kroch,
der schlägt hernach drei Kreuze.
Sie nervt, solang sie dauert, doch
im Nachhinein erfreut se:

Also Voraussetzung ist natürlich, daß die anschließende Computertomographie so gute, sprich so negative Befunde liefert wie die beiden Vorgängeruntersuchungen: »Nach zwei Zyklen einer adjuvanten Chemotherapie, bestehend aus 5-FU, Folinsäure und Irinotecan, ist der Krankheitsverlauf derzeit stabil ohne Hinweis auf einen erneuten Progreß« – wobei es ja irgendwie witzig ist, daß ein »negativer Befund« in diesem Zusammenhang etwas Positives darstellt und »kein Progreß« einen Fortschritt in Richtung Gesundung bedeutet. Ja, und dann stehen natürlich noch weitere Nachfolgeuntersuchungen an, Computertomographien und Koloskopien, und erst wenn die Befunde über einen Zeitraum von etwa fünf Jahren negativ sind, kann davon gesprochen werden, daß der Krebs besiegt worden sei, wofern bei diesem Bürgerkrieg im eigenen Körper von einem »Sieg« überhaupt die Rede …

Wer immer von der Chemo spricht,
tut das auf eigne Kappe.
Mein Fazit? Also: Sie ist nicht
von Gold. Und nicht von Pappe.

12. DEZEMBER. COMPUTERTOMOGRAPHIE

Zuerst wird geschluckt
(Kontrastflüssigkeit)
Dann wird gespritzt
(Kontrastflüssigkeit)
Dann wird geguckt
(mittels Röhre)
Ob da was sitzt
(im Unterleib).

Zuerst wird getankt
(beim Schlucken)
Dann wird gemußt
(in die Röhre)
Dann wird gebangt
(nach der Röhre)
Dann wird gewußt
(vor den Bildern).

LAGEBEURTEILUNG

Wollte immer schnell
abtreten.
Bin wohl bestimmt zum
Weilen:
Wie soll denn den,
der so langsam
ver*geht*,
jemals das Ende
er*eilen*?

ZUM GUTEN SCHLUSS
EIN WIRKLICH GUTER RAT

Ungutes ist zu berichten:
Dickdarmkrebs trifft alle Schichten.
Fünfzigtausend fällt er an,
und das jährlich,
dreißigtausend sterben dran,
sein wir ehrlich:
Totsein hilft nicht wirklich weiter.
Überleben wär gescheiter,
und das geht, vorausgesetzt,
daß dem Tod, ders Messer wetzt,
letzteres zu Boden sinkt,
ehe er den Stich anbringt.
So ein Tod geht über Leichen.
Nicht durch Worte zu erweichen,
muß man ihn durch Taten hindern,
unsre Lebenszeit zu mindern.
Jedem Heute folgt ein Morgen,
also gilt es vorzusorgen,
was im Falle Darmkrebs heißt,
daß man etwas Mut beweist
und den Darm charakterfest
einer Spieglung überläßt.
Einer Spieglung? Einer Reise!
Langsam, lichtgestützt und leise
dringt ein Auge ins Gekröse,
übermittelt gute, böse
Bilder, und ein Monitor
stellt sie Arzt und Model vor:
Rote Grotten, feuchte Schlunde,
hie Polypen, die im Grunde
harmlos sind, hie fahle Flecken,

die beim Arzt Verdacht erwecken.
Zwick! entnimmt er mittels Zange
eine Probe, und nicht lange
drauf vermeldet das Labor:
Stimmt, hier liegt ein Tumor vor.
Zack! Der Krebs hat sich geoutet,
weshalb unser Fazit lautet:
Besser ist's, den Darm zu spiegeln,
als das Leben zu besiegeln.
Klüger ist's, den Krebs zu schneiden,
als das Sterben zu erleiden.
Schöner ist's, zu therapieren,
als Gesundheit zu verlieren.
Haarig ist die Therapie,
aber immer,
kürzer lebt man ohne sie.
Das ist schlimmer.
Daher lautet meine Meaning:
Unterzieht euch diesem Screening,
da selbst der, der kein Prophet ist,
weiß, daß nicht mehr früh zu spät ist.
Früherkennung sei das Motto!
So ein Krebs ist zwar ein Lotto,
das, dem Zufall unterstellt,
den verschont und den befällt,
doch ein Schicksal ist er nicht.
Flackert auch das Lebenslicht,
kann doch der, der's früh erkennt,
helfen, daß es weiterbrennt.
Helfen. Das meint nicht: Erzwingen.
Doch beim Darmkrebs kann gelingen,
wonach alles Leben strebt,
nämlich: Daß es weiterlebt.

II KRIEG ALS SHWINDLE

2003. ENDE JANUAR. Die Präventivkriegsvorbereitungen der US-Regierung laufen auf Hochtouren, doch in Europa gibt es noch immer Staaten, die auf einer friedlichen Lösung des Konflikts durch die Fortsetzung der Arbeit von UN-Waffeninspekteuren im Irak bestehen. Für diese Abweichler findet der amerikanische Verteidigungsminister Donald Rumsfeld die Formulierung, sie gehörten zum »alten Europa« – eine Paarung, die am Jahresende zum »Wort des Jahres« gekürt wird.

SONETT VON DEM JUNGEN AMERIKA UND DEN ALTEN EUROPÄERN

Der am'rikan'sche Aar spreizt seine Schwingen
zu jugendfrohem Flug ins Land des Bösen.
Das gute Öl vom Saddam zu erlösen:
Jetzt oder nie muß dieser Streich gelingen!

Ach, daß wir abseits stehn bei diesem Ringen!
Wir alten Europäer sehn entgeistert,
wie feurig junges Volk solch Wagnis meistert.
Laßt mich davon ein – ältres – Liedlein singen:

Sternbanner hoch! Kampfhelme gut verschlossen!
USA marschiern mit heißem Jünglingstritt.
Die Rache winkt. Und die wird cool genossen.

Zwar macht der Feind beim Kriegsspiel nicht recht mit –
doch daß ein Krieg wird, ward mit Gott beschlossen:
Wenn keiner schießt, wird halt zurückgeschossen.

ANFANG FEBRUAR. Der amerikanische Außenminister Powell begründet die dringende Notwendigkeit eines amerikanischen Angriffs auf den Irak vor dem UN-Sicherheitsrat. Am 5. Februar erklärt er diesem Gremium, der Irak besitze Massenvernichtungsmittel, die eine Gefahr für den Rest der Menschheit darstellten. »Das sind keine Behauptungen, das sind Tatsachen.« Berichten der UN-Waffeninspekteure, sie hätten bisher keinen Beweis für eine solche Anschuldigung finden können, tritt die amerikanische Regierung mit dem Argument entgegen, dieser Umstand belege lediglich, wie gut die Waffen versteckt seien.
Am 4. April 2004 gibt Powell zu, bei seinen Angaben des Vorjahrs habe er sich auf »zweifelhafte Quellen« gestützt: Es scheine, daß die »besten verfügbaren nachrichtendienstlichen Informationen« nicht »allzu zuverlässig« gewesen seien.

SONETT VON DER NIE VERSAGENDEN BUSH – POWELL – RUMSFELDSCHEN SCHULDZUWEISUNG

Jedwede Schuld ist jederzeit beweisbar.
Daß jemand beispielsweise lärmen will,
wird durch den Fakt belegt, daß er stets still,
ja direkt unverschämt dezent und leis war.

Denn dadurch, daß der Lärmer ständig leis ist,
versucht der Bastard listig zu verschleiern,
wozu er wirklich zählt. Meint: Zu den Schreiern.
Wofür sein stetes Nichtschrein der Beweis ist.

Denn schriee er, er wär sofort enttarnt.
Draus folgt: Man muß ihm in die Fresse schlagen,
bevor er Laut gibt und die Ruhe stört.

Der Schurke schweigt? Wir haben ihn gewarnt
und jedes Recht, den Lärmer anzuklagen:
Taugt doch als Zeuge jeder, der nichts hört.

ENDE FEBRUAR. Angela Merkel, die Vorsitzende der CDU, besucht die USA und kritisiert in einem Artikel für die »Washington Post«, die den Krieg ablehnende Haltung der rot-grünen Regierung. Zuvor bereits, am 8. Februar, hatte sie Präsident Bush und dessen Ministern ihr volles Vertrauen ausgesprochen: »Die Bedrohung durch Saddam Hussein und seine Massenvernichtungswaffen ist real.«

SONETT VOM SCHWÄCHELN UND STÄRKELN

Einst einte den Atlantik helles Lächeln.
Nun liegt der Nato Zukunft ganz im Dunkeln.
Und aus dem State Department hört man's munkeln,
das vormals starke Bündnis sei am Schwächeln.

Gewisse Deutsche wollten nicht mehr buckeln.
Anstatt vereint den Kriegsfall hochzuschaukeln,
versuchten sie dem Bürger vorzugaukeln,
auf deutschem Sonderweg dahinzuzuckeln.

Ist niemand da, mit denen anzubandeln?
O doch. Ein Frauenzimmer sieht man fuchteln,
sie wollt' die Politik der Stärke stärkeln.

Wer die Frau sei? Was sie beweg' zu handeln
nach Mannesart? Hört's, Pazifistenschwuchteln!
Ihr solltet euch den Namen Merkel merkeln!

ANFANG MÄRZ. Dazu aufgefordert, seine ohnehin nicht weitreichenden Al-Samud-Raketen zu zerstören, beginnt der Irak zögernd zwar, doch fristgerecht damit, die beanstandeten Waffen funktionsunfähig zu machen. Es nützt ihm wenig. Kurz darauf wird George W. Bush ein weiteres Ultimatum verkünden, das Saddam Hussein eine Frist von 36 Stunden zum Verlassen des Landes vorschreibt, andernfalls sei der Krieg unvermeidlich.

SONETT VOM GEBET DES GEORGE W. BUSH ZU SEINEM GOTT

O Lord! DU siehst den Bastard das verschrotten,
weshalb wir ihn, von DIR bestärkt, verteufeln –:
Läßt DU DEIN Volk an DEINEM Rat verzweifeln,
wird alle Welt den Frieden so vergotten,

Daß nichts mehr läuft: Ganz ungenutzt verrotten
die besten unsrer Waffen. Es verstummen
die schlausten unsrer Köpfe. Sie verdummen
fortan nicht mehr. An ihrer Statt verspotten

Dreist Friedenstauben Falken, die versessen
versuchten jeden Frieden zu verhindern.
O Lord! Wenn ich DICH bitte, zu verbitten,

Dem Krieg das letzte Schlupfloch zu verkitten,
dann deshalb: Die zum Weich-Gott DICH vermindern,
soll'n nicht den Gott des Schlachtens, MICH, vergessen.

ENDE MÄRZ. Pünktlich zum Frühlingsanfang beginnt die amerikanische Luftwaffe die »Shock and Awe« getaufte Bombardierung Bagdads. »Furcht und mit Entsetzen gepaarte Ehrfurcht« soll die Folge eines vom Gegner kaum behinderten Bombeneinsatzes sein, der ein neues Niveau konventioneller Zerstörungstechnik markiert. Nicht zuletzt von der »Mutter aller Bomben« verspricht sich das Pentagon eine friedensfördernde Wirkung bei der Zivilbevölkerung.

SONETT VOM VERSUCH EINES AMERIKANISCHEN PRESSESPRECHERS, EINEM IRAKISCHEN KIND DEN KRIEG ZU ERKLÄREN

Mein liebes Kind, wir wollen dich befreien.
Das heißt: Wir müssen dich zuvor beschießen.
Wenn du das so verstehst: Als das Begießen
des Pflänzchens Freiheit, wirst du uns verzeihen.

Mein Kind, dir blüht die Mutter aller Bomben.
Wenn sie dich trifft, dann nimm das nicht persönlich.
Wenn du sie triffst, so grüße sie versöhnlich:
Wo keiner bohrt, kann niemand was verplomben.

Das meint: Wenn wir dir deine Stadt zerhauen,
dann mit dem Zweck, sie schöner aufzubauen.
Sofern du tust, mein Kind, was dir geheißen,

Wirst du schon bald das Reich der Freiheit schauen.
Du zweifelst noch? Uns kannst du blind vertrauen:
Wer dich beschießt, muß dich nicht noch bescheißen.

ANFANG APRIL. Der Irak wird von amerikanischen Truppen besetzt, und im ganzen Lande stürzen die Saddam-Statuen. Ihr Vorbild freilich ist verschwunden und er wird es noch lange bleiben: Erst am 14. Dezember gelingt es den Besatzern, den Mann zu fassen, dessen »decapitation« zu Beginn des Krieges ebenso fehlgeschlagen war wie bei nachfolgenden Versuchen.

SONETT VOM ENTSORGEN EINES DIKTATORS

Zu Kriegsbeginn hieß der Befehl: Enthaupten.
Doch das ging schief. Der Schurke konnt' entkommen.
Das hab ich unserm Blätterwald entnommen,
dem immer dürreren, schon fast entlaubten.

Seither ist Saddams Schicksal nicht entschieden.
Der Schuft scheint unwillig, sich zu entleiben,
sich zu entmannen oder zu entweiben –
wird er für alle Zeit die Welt entfrieden?

Nicht, wenn sie's schafft, ihn derart zu entfernen,
daß es gelingt, ihm stückweis zum Entzücken
der Gegner all die Glieder zu entreißen:

Ihn nach und nach entbauchen und entkernen,
entarmen und entbeinen und entrücken
und ihm als Letztes seinen Kopf entsteißen.

ANFANG MAI. Am 2. Mai verkündet Präsident Bush das Ende der Kampfhandlungen – »mission accomplished« –, in den folgenden Monaten des Jahres 2003 werden mehr amerikanische Soldaten bei Schießereien und Attentaten umkommen als während der Dauer des offiziellen Krieges. Die Siegeserklärung wird von Drohungen gegenüber weiteren Schurkenstaaten wie Syrien und dem Iran begleitet, während der Grund, welcher in den Irak-Krieg geführt hatte – die Massenvernichtungswaffen –, von Paul Wolfowitz, dem stellvertretenden amerikanischen Verteidigungsminister, für unerheblich erklärt wird: Diese Waffen seien lediglich aus politischen Gründen derart in den Vordergrund gerückt worden. Bis Ende des Jahres werden keinerlei Beweise für die Existenz der vor Jahresfrist so eindringlich beschworenen irakischen Vernichtungspotentiale gefunden; am 3. Oktober räumt die amerikanische »Iraq Survey Group« ein, was Blix, der Leiter der UN-Waffeninspekteure, bereits vier Monate zuvor in seinem Abschlußbericht festgestellt hatte: Ergebnis Fehlanzeige. Im Januar 2004 schließlich unterläuft einem weiteren Kriegsherrn ein bezeichnender Lapsus: Der britische Premier Tony Blair spricht vor englischen Truppen in Basra statt von »weapons of mass destruction« versehentlich von »weapons of mass distraction«, also von »Massenablenkungswaffen«.

SONETT VOM LEHRMEISTER KRIEG

So'n Krieg macht klug. Was wußten wir vom Kurden,
von Baath-Partei, Peschmerga und Sunniten,
was war'n uns Mosul, Tikrit, was Schiiten,
bevor wir täglich schlau und schlauer wurden?

Bagdad – vertraut wie unsre Westentasche!
Samt Saddam-City, Dschumhurija-Brücke,
dem Palestine Hotel und jener Lücke,
da der Palast stand. Friede seiner Asche.

Klug schaun mer aus: Fachleute wider Willen.
Schwer abgefüllt mit Tönen, Wörtern, Bildern
aus des Zweistromlands nahgerückten Fernen.

War's das? fragt mancher sich bedrückt im Stillen.
Wird uns der Krieg bald neuen Schauplatz schildern?
Soll'n wir als nächstes Syrien kennenlernen?

III KUNST ALS KÜCHENMEISTER

Was nährt die Dichtkunst: Heil oder Unheil? Was beflügelt den Dichter: Beschwören oder Beklagen? Was löst seine Zunge: Rühmen oder Verfluchen? Was läßt ihn zur Feder greifen: Belachen oder Verlachen?

Anders gefragt: Was sind dem Dichter Leid und Tod? Ein gefundenes Fressen? Abfälle vom Tisch des Lebens? Und wer wirkt in der dazugehörigen Küche? Ist dort Schmalhans Küchenmeister? Oder schwingt eine nudeldicke Deern den Kochlöffel?

In der zweiten Augusthälfte des Jahres 2002 hatte der S. Fischer Verlag meinen Gedichtband »Im Glück und anderswo« herausgebracht, und bereits am 3. September konnte ich eine erste kritische Würdigung meiner lyrischen Ernte lesen. Martin Halter hatte sich in der »Hannoverschen Allgemeinen Zeitung« des Werks angenommen und mit hellseherischem Spürsinn einen existenziellen Makel ausgemacht: »Als Gernhardt nach einer schweren Operation sein ›Herz in Not‹ öffnete, spürte man unter dem leichten Ton den schweren Atem des Todes. Inzwischen ist sein bald 65jähriges Herz wieder pumperlgsund – und die Gedanken über Vergänglichkeit und Vergeblichkeit erscheinen mehr routiniert gemacht als existenziell empfunden.«

Worte, die mich nachdenklich stimmten. Woher war der mir völlig unbekannte Kritiker über den Zustand meines Herzens unterrichtet? Wodurch fühlte er sich dazu berechtigt, den kumpelhaften Befund »pumperlgsund« in seiner Kritik öffentlich zu machen? Und wieso wußte er nicht, daß der Mensch ein Mängelwesen ist, bei dem außer dem Herzen noch so manches andere entzwei gehen kann?

Bei mir jedenfalls verhielt es sich so: Ich las Martin Halters kritische Ferndiagnose als Rekonvaleszent. Keine zwei Wochen zuvor hatte ich mich in der Frankfurter Universitätsklinik einer Operation an Darm und Leber unterziehen müssen, nun lag es nahe, die beiden einschneidenden Erlebnisse miteinander zu vergleichen, die Bypass-Operation von 1996 und die aktuelle.

Da fielen zunächst Gemeinsamkeiten ins Auge. In beiden Fällen hatte ich mich zuvor gesund gefühlt und keine Beschwerden verspürt bzw. als bedrohlich wahrgenommen. In beiden Fällen war die Erkrankung und damit die Notwendigkeit einer raschen Operation während einer Routine-Untersuchung festgestellt worden. In beiden Fällen hatten sich vor dem Augenblick der Wahrheit Gedichte gehäuft, die – um mit dem Kritiker zu sprechen – von »Vergänglichkeit und Vergeblichkeit« redeten. So daß ich in beiden Fällen die Erfahrung machen mußte – machen durfte? – : Das, was dichtet, ist klüger als das, was lebt.

Aus heutiger, also späterer Sicht sind Unterschiede ebensowenig zu übersehen. Der 96er-Eingriff mußte glücklicherweise nicht wiederholt werden, während es nach dem August 2002 nicht bei dem einmaligen Einschnitt blieb. Hilfreich war die anschließende, in Frankfurt und im toskanischen Valdarno durchgeführte Chemotherapie; eine im Dezember an der Frankfurter Universitätsklinik absolvierte Computertomographie ergab den Befund: »Zur Zeit kein Tumor feststellbar.«

Ein Zwischenlager, keine Endstation. Zu Beginn der Chemotherapie hatte ich die folgende Eintragung in mein »Brunnen«-Heft notiert:

»Wenn das Leben als Reise begriffen wird, dann läßt sich die Krankheit als Landstrich beschreiben, den es zu durchqueren gilt, wobei zu Beginn unsicher ist, was dem Reisenden bevorsteht: Eine Stippvisite? Eine Reise ohne Wiederkehr?

Jeder weiß von Unternehmungen unterschiedlichster Art zu berichten, von Ausflügen, Exkursionen, ganzen Expeditionen – sprich von Kinderkrankheiten und unterschiedlich bedrohlichen Erkrankungen –, ich beispielsweise habe die

Halbinsel Herz durchquert und bin nun dabei, den Kontinent Krebs etwas näher ins Auge zu fassen. Seitdem ich weiß, wohin es mich verschlagen hat, seit dem Juli letzten Jahres also, sind bereits zwei Vorstöße gescheitert, das Terrain so rasch wie möglich zu verlassen. Denn was waren die Operationen anderes als der Versuch, den Kontinent im Schnelldurchgang zu durchqueren, in einer Ultraleichtmaschine über das sinistre Gelände hinwegzubrausen?

Nun also der Fußmarsch, die mehrere Monate andauernde Chemo. Seit zwei Wochen bin ich unterwegs; vorsichtig bewege ich mich durch die fremde Welt. Durch eine verrückte Welt: Nicht der Krebs setzt mir vordergründig zu, sondern dessen Bekämpfung. Keine feindlichen Naturvölker, die eigens mitgeführten und eingenommenen Chemikalien greifen mich an, und ich darf nicht zurückschlagen trotz Schwäche, Appetitlosigkeit und Durchfall. Alles klassische Reisekrankheiten, zumal in tropischen Urwäldern, und in eine Art Urwald scheint der Weg auch zu führen, in sumpfiges Gelände, das vorerst nur eine Sicherheit bieten kann: Jeder Montag wartet mit einer erneuten Chemie-Attacke und noch unbekannten Folgen auf.

Andere Expeditionsteilnehmer freilich haben ganz andere Sorgen. Die Frau N, die Montag Vormittag auf dem Nachbarbett ihre Infusionen erhält, hat schon acht Monate Chemo hinter sich, ohne daß sich ihre Lebermetastasen gebessert hätten. Der Durchfall sei anfangs so schlimm gewesen, daß er mit Opiaten habe gestoppt werden müssen, jetzt sei er erträglich; den Haarausfall habe sie ebenfalls verkraftet, jede Woche bringe ihr Mann die Perücke zum Frisör, wo sie gewaschen werde – beklommen hört's der neu dazu Gestoßene. Doch was soll er erst zu den Berichten von Herrn NN sagen, der bereits seit Jahren unterwegs ist, alle Wege und Schleichwege des Terrains zu kennen scheint und dabei letztlich keinen Schritt weitergekommen ist, sofern man das Ziel mit

›die Heilung erreichen‹ definiert. Aber könnte es nicht auch ganz einfach ›am Leben bleiben‹ bedeuten?«

Krankheit als Raum, Krankheit als Stoff: Ein weiterer Unterschied zwischen den Erfahrungen des Jahres 1996 und denen des Jahresbogens 2002/2003 bezieht sich auf ihre – sagen wir es so platt – : Verarbeitung.

1996 hatte ich kurz nach der Einlieferung ins Krankenhaus damit begonnen, eine Art Tagebuch zu führen, wobei ich mich durchgehend einer einzigen Mitteilungsform bediente, einer siebenzeiligen, reimlosen, metrisch festgelegten Strophe. Aus etwa hundertdreißig solcher Eintragungen wählte ich hundert aus, die ich zu dem Zyklus »Herz in Not« zusammenstellte.

Als ich vom Krebsbefund hörte, lag mir nichts ferner als eine Wiederholung einer vergleichbaren Recherche. Hier und da entstanden Gelegenheitsgedichte zum Thema, doch da war kein Gedanke an einen übergreifenden Zusammenhang. Erst die Wiederholung der Krankenhauserlebnisse, erst die Erfahrung der sich hinziehenden Chemotherapie beförderten weitere Mitteilungen, so viele schließlich, daß ich mich in der zweiten Hälfte des umwitterten Jahres der Einsicht beugte, es sei wohl an der Zeit, nach dem gefährdeten Herzen auch der anderen Volkskrankheit, dem Krebs, einen, diesmal fünfzigteiligen, Gedichtkranz zu winden.

Dessen Mitteilungsformen sind erkennbar uneinheitlich; zu einigen der salopperen Einlassungen hat mich ein hierzulande weitgehend unbekannter Vorgänger ermutigt. Sein Name lautet J.B.S. Haldane, und daß ich von ihm und seinem Gedicht »Cancer's a Funny Thing« weiß, verdanke ich einem Leser von »Herz in Not«, Wiard Raveling aus Westerstede, der mir in einem Begleitbrief mitteilte: »Das Gedicht ist übrigens entnommen aus der Sammlung ›The Oxford Book of Twentieth-Century English Verse, chosen by Philip Larkin‹ – ein durch und durch seriöses Unternehmen.«

Zu Haldane und seinen Versen heißt es dort in einer Fußnote: »Das seltene Beispiel eines wirklich an die Öffentlichkeit gerichteten Gedichts. ›Die Hauptabsicht meiner Reime‹, schrieb Professor Haldane, der 1964 im Alter von 73 Jahren verstarb, ›war es, Krebspatienten dazu anzuhalten, sich rechtzeitig operieren und den Mut nicht sinken zu lassen‹.«

Sängergleich hebt der Professor an:

I WISH I had the voice of Homer
To sing of rectal carcinoma,
Which kills a lot more chaps, in fact,
Than were bumped off when Troy was sacked.

Sodann erzählt er von seinen eigenen Beschwerden, von der Diagnose Krebs, von der Darmoperation und ihrer Folge, dem künstlichen Darmausgang:

So now I am like two-faced Janus
The only god who sees his anus.

Vor allem aber tut Professor Haldane das, was ich zum Schluß meines Zyklus ihm nachzumachen versucht habe: Er predigt Früherkennung und Hoffnung – sofern man seine waghalsigen Knittelverse überhaupt eine Predigt nennen kann:

My final word, before I'm done,
Is Cancer can be rather fun (...)
Provided one confronts the rumour
With a sufficient sense of humour (...)
A spot of laughter, I am sure,
Often accelerates one's cure –

was der lachlustige Professor selber leider nicht erleben durfte.

Noch ein weiteres, letztes Wort zu dem ersten Teil der K-Gedichte. Sie sind Volker Kriegel gewidmet, dem Musiker, Zeichner und Freund, der am 15. Juni 2003 an einem Krebs verstarb, den man erst kurz zuvor erkannt hatte und welchem nicht beizukommen war, weder durch eine Operation noch durch eine Chemotherapie.

Wir wußten von unseren jeweiligen, freilich so unterschiedlichen Erkrankungen und tauschten Erfahrungen aus. Mitte Mai notierte ich nach einem Telefonat die folgenden Zeilen, denen vorausgeschickt sei, daß auch ich Grund gehabt hatte, mich mit der Bedeutung der Wörter »adjuvant« und »palliativ« vertraut zu machen, da ein junger Arzt der Universitätsklinik mir ungemein unbekümmert und bemerkenswert beiläufig zu verstehen gegeben hatte, in meinem Fall käme ja wohl nur noch eine »palliative Therapie« in Frage:

»Habe ich das eigentlich bereits notiert: Daß Volker Kriegel mir vor Wochen erzählt hat, er habe kurz nach der Nachricht von seinem unheilbaren Krebs beim Verlassen eines Gebäudes an einem gegenüberliegenden Haus die Inschrift gelesen ›Klinik‹ – oder Hospital? – ›für palliative Medizin‹, was ja meint: ›lebensverlängernd, schmerzmindernd‹, letztlich: ›in den Tod begleitend‹?

Ich bewahrte diese vielsagende Geschichte in meinem Herzen, erinnerte mich jedoch nicht mehr des Orts der Handlung: War das dem Volker in seiner Heimatstadt Wiesbaden widerfahren? In Mainz?

Doch dann führt mich ein Aufnahmetermin in ein Frankfurter Tonstudio, das in einer mir bis zu diesem Zeitpunkt völlig unbekannten, bisher nie betretenen Straße der Altstadt liegt, direkt am jüdischen Friedhof, und als ich das Studio verlasse, sehe ich mich einem Gebäude gegenüber, auf welchem geschrieben steht ›Evangelisches Hospital für palliative Medizin‹ – und dieses Erlebnis veranlaßt mich, bei Volker nachzufragen, wo er denn dergleichen gelesen hatte. Seine Ant-

wort: »In Frankfurt, in der Rechneigrabenstraße, direkt am jüdischen Friedhof. Ich hatte dort in einem Tonstudio zu tun, um eine Aufnahme meines ›Rock 'n' roll-Königs‹ zu überprüfen, und als ich das Studio verließ ... «
Wir vergleichen und verwundern uns: Mag ja sein, daß das Leben die besten Geschichten schreibt, doch was soll man davon halten, daß es seine halbwegs gelungenen Pointen derart schamlos wiederholt?!«
Es blieb Volker Kriegel erspart, ein Hospiz von innen kennenzulernen. Als er Tochter und Enkelin in Spanien besuchte, starb er, nicht »nach langer schwerer Krankheit«, sondern »plötzlich und unerwartet«; beerdigt wurde er im sommerlich heißen Wiesbaden.

Soviel zum K wie Krankheit; das K wie Krieg soll uns nur kurz beschäftigen.

Die Sonette zum Irak-Krieg, der K-Gedichte zweiter Teil, verdanken sich einem Auftrag: Für die von Denis Scheck moderierte und von der ARD ausgestrahlte Literatursendung »Druckfrisch« sollte ich allmonatlich ein Gedicht zu einem möglichst aktuellen Anlaß verfassen und vortragen.

Bereits während der langen Planungsphase hatte ich das Sonett als durchgehende Gedichtform vorgeschlagen, und nach zwei Probeläufen war es Anfang des Jahres 2003 so weit: Zeitgleich mit den amerikanischen Flugzeugträgern startete die neue Sendung.

Obgleich sie zu sehr später Stunde und vor dementsprechend kleinem, belastbarem Publikum lief, war das Sonett-Vorhaben dem Vernehmen nach bereits nach der Vorlage des ersten Gedichts gefährdet: Eine veritable Programmdirektorenkonferenz habe sich über die vierzehn Zeilen gebeugt, schließlich aber die Freiheit der Kunst höher gestellt als die offenbar schwerwiegenden inhaltlichen Bedenken.

Zwei Monate später waren die Kriegsvorbereitungen in den allseits erwarteten, erhofften oder gefürchteten Krieg gemündet, ein Vorgang, der lange Zeit alle anderen Tagesereignisse in den Hintergrund treten ließ. Viermal trug ich im Rahmen erwähnter Sendung ein Sonett zum jeweiligen Stand der Vorkriegs- und Kriegsdinge vor, zudem entstanden drei weitere Sonette zum Thema. Hinterher ist man immer gescheiter – im Falle des Irak-Krieges jedoch glaube ich mir die Feder an den Hut stecken zu können, es bereits vorher gewesen zu sein: Das, was dichtet, ist manchmal klüger als das, was regiert.

Nach der – vermeintlichen – Beendigung des Krieges bedichtete ich andere Themen, doch irgendwie war die Luft raus aus dem anfangs so aufmerksam beäugten Projekt: Wir, »Druckfrisch« und ich, lebten uns auseinander, und in Momenten der Hoffart bin ich geneigt zu glauben, die ganze Sendung sei lediglich eine List der Musen gewesen, mir die Sonette zu entlocken, ein eigens für die Maus der Poesie ausgelegter Käse, der nach geschaffter mythischer Siebenzahl seiner historischen Bestimmung – zumindest sub specie aeternitatis – gerecht geworden sei.

Doch da auch sie sich zwanglos unter dem Buchstaben K ablegen lassen – K wie Kritik, K wie Kassensturz –, seien hier zwei weitere, nicht gesendete Sonette eingerückt.

Das erste stammt noch aus der Vorbereitungszeit von »Druckfrisch«. Es bezieht sich auf das umstrittene Buch von Martin Walser und antwortet auf die Frage, was noch schlimmer sei als »Der Tod eines Kritikers«:

SONETT VON DER GEBURT EINES KRITIKERS

Die Hebamme, sie roch zuerst den Braten.
Sie spürte: Diesem Schelm ist nicht zu trauen.
Als er dann schlüpfte, packte sie das Grauen.
Versteinert auch der Vater und die Paten.

Er aber quicklebendig, dessen Pfoten
sogleich die mütterlichen Brüste wogen.
»Die linke hängt«, befand er ungezogen,
»Die rechte, weil zu leicht, gehört verboten.«

Da schrien alle auf: »Wir sind verloren!
Auf uns kommt Kummer zu, Verdruß und Leiden.
Denn heut ward uns ein Kritiker geboren.

Wir wollen ›Friede‹, er besteht auf ›Scheiden‹.
Wir wollen ›Freude‹, er beharrt auf ›Schneiden‹.
Wir wollen ›Eierkuchen‹, er will ›Rattattattattat‹!«

Wurde dieses Probesonett *noch nicht* ausgestrahlt, so gilt für mein letztes Sonett, daß es, aus welchen Gründen immer, *nicht mehr* gesendet wurde:

SONETT VOM KAMPF DER GENERATIONEN

»Was sind wir Menschen doch! Ein Wohnhaus grimmer Schmerzen« –
so krass sah das bereits Herr Gryphius im Barock.
Der alte Mensch von heut geht schmerzlicher am Stock,
weil niemand dafür sorgt, ihn zeitig auszumerzen.

Träg schleppt er sich dahin. Mit tiefverderbtem Herzen
läßt er sich durchkuriern. Er hat auf gar nichts Bock,
als immer nur kassiern. Ihm ist der eigne Rock,
und nur der, lieb und wert, als wie der Pelz dem Nerzen.

Wer ihm das alles zahlt? Die Zähne, Hüftgelenke?
Das kümmert keine Greisin. Das geht dem welken Greis
total am Arsch vorbei. Die rechnen auf Geschenke.

Doch jemand rechnet mit. Die Jugend kennt den Preis.
Sie löhnt ja all den Scheiß. Sie sinnt, wie man der Ränke
der Alten wehren kann. Sie weiß: Der Fight wird heiß!

Krankheit, Krieg, Kritik und Kinderundank – wo bleibt das positive K, Herr Gernhardt?

Wir können es möglicherweise an jenem Ort finden, von dem diese Überlegungen ihren Ausgang genommen haben: in der Küche. Dort jedenfalls ist das letzte Gedicht dieses Büchleins entstanden und angesiedelt, ein lichtes Intermezzo in dunkler Zeit, das zudem noch von einem allseits geschätzten Nahrungsmittel handelt, das ebenfalls mit K beginnt:

EINE HEITERE KÜCHENSZENE

Liebste, reich die Käsereibe,
auf daß ich den Käse reibe.
Liebling, schau: Ich reibe Käse.
Was das wird, Schatz? Reibekäse!

INHALTSVERZEICHNIS

ALPHABETISCHES VERZEICHNIS DER GEDICHTANFÄNGE UND *-ÜBERSCHRIFTEN*

Robert Gernhardt
Im Glück und anderswo
Gedichte
285 Seiten. Gebunden

Robert Gernhardt liegt die Welt zu Füßen, hier und anderswo, im Licht wie im Schatten. Des Menschen Glück als Liebender, als Reisender, als Speisender, faßt er in seine Verse, des Menschen Unglück, als Alternder, als nur noch Begehrender und Verzehrender, bannt er in seine Strophen. Stets ist er im Bilde und macht sich dichtend eins, singt der Gegenwart ein neues Lied, kommt schnell in Fahrt und weiß doch wie tief im Leid man fallen kann. Er nimmt die Welt beim Wort und auch manch andern Dichter, um bei aller Lust am Reimen, bei allem Witz inmitten seiner Zeilen, den nötigen Ernst nicht zu vergessen. Robert Gernhardt ist ein Dichter, der mit allen Formen der Poesie meisterhaft spielt. Ob Sonett oder Blues, Ballade oder Parodie – Gernhardt überrascht stets durch seine Virtuosität. Mit Reim und freien Rhythmen, in klassischen Tönen und modernen Dissonanzen läßt er das Dasein neu erklingen. Welch Glück, daß ihm dies so sehr glückt!

»Robert Gernhardt macht eigentlich nicht Lyrik,
sondern schieres Glück.«
Eva Menasse,
Frankfurter Allgemeine Zeitung

S. Fischer

fi 1-025503 / 1

Robert Gernhardt

Lichte Gedichte

Band 14108

›*Lichte Gedichte*‹ widmet sich in neun Abteilungen den ewigen Themen aller Dichtung ebenso wie sehr zeitgenössischen, ja privaten Sujets. Von der Liebe, der Person, der Natur und der Kunst ist anfangs die Rede, mit Tod und Erkrankung schließt die Sammlung, wobei ›Herz in Not‹, das »Tagebuch eines Eingriffs in einhundert Eintragungen«, wider Erwarten für ein gutes Ende und dafür sorgt, daß das Versprechen »licht« nicht zu einem schlichten »lich« verkümmert. Der für Gernhardt typische Spagat zwischen ungenierter Komik und dezidierter Ernsthaftigkeit hat in seinen Gedichten eine neue Qualität erreicht: Der dunkle Grund der Erdenschwere kommt ständig zur Sprache und verwandelt sich ebenso beständig vor unser aller Augen in Helligkeit und Schnelligkeit.

Robert Gernhardt

Glück Glanz Ruhm

Erzählung
Betrachtung
Bericht

Band 13399

Drei berühmtgewordene Variationen auf ein Thema: Das »Glück« der Lektüre, der »Glanz« der Kunst, der »Ruhm« der Dichter – dreimal umkreist Gernhardt meisterlich die Literatur und deren Verfechter. Und dreimal eröffnet sich Gernhardts unvergleichlicher Witz und seine ganze Satirekunst. Gernhardt versteht es meisterlich, das Bedeutende und Pathetische ins Alltägliche zurückzuholen; seine Texte sind ebenso scharfsinnig wie spielerisch, voller Hintersinn und zugleich ungeheuer komisch.

»Was es mit dem Ruhm der Dichter
in Wahrheit auf sich hat – darüber sind wir selten
so geistreich und so unterhaltsam,
so detailliert und zugleich so kurzweilig
ins Bild gesetzt worden.«
Frankfurter Allgemeine Zeitung

Fischer Taschenbuch Verlag

fi 13399 / 1

Robert Gernhardt

In Zungen reden

Stimmenimitationen von Gott bis Jandl

Band 14759

Im Anfang war das Wort, und das Wort reizte zur Parodie: Niemand hat in den vergangenen Jahrzehnten versierter und liebevoller Dichterstimmen imitiert als Robert Gernhardt. Seit Schülerzeiten treibt er spottenden Scherz mit klassischen und heutigen Autoren.

Erstmals hat Robert Gernhardt all jene Gedichte, Texte und Bildgeschichten versammelt und auf die Reihe gebracht, in denen er in fremden Zungen redet. Von Gott über Plato, Dante, Goethe, Busch, Hemingway, Brecht und Kästner bis hin zu Jandl und Enzensberger spannt sich der Bogen der Autoren, an denen Gernhardt seinen Schnabel wetzt: eine Hommage an die Weltliteratur und zugleich eine Demontage der vergnüglichsten Art.

Fischer Taschenbuch Verlag

fi 14759 / 1

Robert Gernhardt

Über alles

Ein Lese- und Bilderbuch

Band 12985

Wer Robert Gernhardt noch nicht kennt, dem verschafft das Bilder- und Lesebuch »Über alles« einen vergnüglichen und trotz aller Kurzweil bereichernden »Einstieg in die Gernhardt-Sucht« (Handelsblatt). Denn dieses Buch ist eine Best-of-Auswahl vom Feinsten und somit auch für jeden Gerhardt-Fan ein Muß: Satiren und Humoresken, Gedichte und Bildergeschichten, Märchen und Erzählungen, Fabeln und Zeichnungen des Autors, zusammengetragen aus über zwanzig Einzelwerken, fügen sich zu einem beeindruckend vielfältigen Kompendium eines ernsthaften Spaßmachers.

»Wer nach ›Über alles‹ nicht Gernhardt komplett will,
dem ist nicht zu helfen.«
Handelsblatt

Fischer Taschenbuch Verlag

fi 12985 / 1

Robert Gernhardt

Wege zum Ruhm

13 Hilfestellungen für junge Künstler
und 1 Warnung

Band 13400

Ein einzigartiges und höchst witziges Buch für alle, die nach Lorbeer streben: Mit unnachahmlicher Ironie schildert Robert Gernhardt, wie man aus Leid Lied, aus Kummer Kohle und aus seiner Ruhmsucht veritablen Ruhm macht. In 14 Kapiteln liefert Gernhardt einen außergewöhnlichen Imageberater für angehende Dichter, in dem die Kunst endlich zu dem erklärt wird, was sie ist: eine Marketingmaßnahme. Seine treffsichere und höchst witzige Satire auf den Kulturbetrieb benötigt jeder!

»Robert Gernhardts ›Wege zum Ruhm‹ ist
ein wunderbares Buch, denn es ist alles wahr.«
Thomas Steinfeld,
Frankfurter Allgemeine Zeitung

Fischer Taschenbuch Verlag

fi 13400 / 1

Robert Gernhardt

Der letzte Zeichner

Aufsätze zu Kunst und Karikatur

Band 14987

Robert Gernhardt spitzt die Feder: Kampf dem Dilettanten! Voller Verve weist Robert Gernhardt einen Weg durch die Kunst, gibt Hinweise, was man sehen sollte und wo man besser wegschaut. Er rechnet ab mit dem ewigen Dilettanten und stellt wahre Künstler und Könner vor. Von Giotto über Leonardo und Michelangelo bis hin zu Busch, Pfarr und Sowa, von den Klassikern der Malerei bis zu den großen Karikaturisten unserer Tage reicht Gernhardts unterhaltsamer und kenntnisreicher Führer durch die Kunst.

Fischer Taschenbuch Verlag

fi 14987 / 1

Alles über den Künstler
Zum Werk von Robert Gernhardt
Herausgegeben von Lutz Hagestedt
Band 15769

Schon längst zählen die Bücher des Malers, Zeichners und Schriftstellers Robert Gernhardt zu den Klassikern der Gegenwart. Wie kaum ein anderer paart er in seinen Gedichten, Bildgeschichten, Parodien, Erzählungen und Zeichnungen ungeniert Witz und Tiefsinn. Autoren, Kritiker, Wissenschaftler geben jetzt einen Überblick über das umfangreiche und unvergleichliche Werk Robert Gernhardts. Eingehend wird seine Literatur interpretiert, sein Humor analysiert und sein Spiel mit der Tradition beleuchtet. Ein Buch für alle, die genau wissen wollen, warum Robert Gernhardts Bücher stets aufs Neue begeistern.

»Robert Gernhardt kann, was andere eben nicht oder nicht mehr können: belehren und unterhalten und beides auf höchstem Niveau.«
Ulrich Weinzierl, Die Welt